KB275008

라브린스, 숲을 켜다

| 다름시선 007 |

라브린스, 숲을 켜다

양희진 시집

다름북스

라브린스, 숲을 켜다

나이 들어 시를 쓰는 삶을 살게 됐습니다.

벌써 세 번째 시집을 묶으려고 하니, 온통 부끄러움 투성입니다.

내 마음의 깊이는 너무 얕고, 늘 깨어있어야 하는 시선은 현실과 타협하기 일쑤입니다. 섬광처럼 반짝이는 문장을 만나긴 영 쉽지가 않고, 감각은 점점 무뎌져 갑니다. 그럼에도 불구하고 오늘도 여전히 말 하나를 이리저리 굴려 봅니다. 백발이 다 되어도 허리가 굽어져도 여전히 시를 쓰고 싶습니다.

이 세 번째 시집에는 특별히 '길'을 테마로 한 시를 적었습니다. 내가 가지 않은 수많은 길들에게 다시 길을 묻고, 방향을 정하고 다시 길을 나섭니다. 서두르지 않고, 나의 보폭에 맞춰서 매일 가는 길이 아닌 새로운 길도 이제는, 두려움 없이 가려고 합니다. 여러 가지 길을 통해, 결국 나를 찾아가는 여정이 《라브린스, 숲을 켜다》에 담겨 있습니다.

　세 권의 시집을 내는 동안 늘 한결같이 격려해주신 유한근 교수님께 깊은 감사와 존경의 마음을 전합니다. ‘아침문학’ 동인여러분과, 등단 이래로 한결같이 사랑과 정을 나누고 있는 우리 ‘봄마루’회원님들 사랑합니다. 그리고 등단부터 지금까지 늘 같이 해온 우리 《인간과문학》 모든 회원 여러분들 깊은 마음으로 아끼고 애정합니다.

　특히 저를 시인으로 만들고 돌아가신 엄마에게 이 시집을 바칩니다. 사랑하는 우리 가족들에게도 한번도 하지 못했던 감사의 말을 전합니다.
　말로 다 할 수 없이 너무나 고맙고 사랑합니다.

　내가 만나는 세상의 모든 사람들과, 멀리서 또 가까이서 ‘문학‘으로 연을 맺은 소중한 사람들께도 감사의 말을 전합니다. 문학은 혼자 걷는 길이 아닌, 세상과 함께 걸어 가는 길이기에 오늘도 담담히 당신에게 닿기 위해, 그 길을 걷고 있습니다.

2025년 11월
양희진

| 차례 |

제1부 | 이봐, 너무 슬퍼하지마

얼마나 좋겠습니까 -파도길 따라 다시 돌아오면　　　15

혼자 걷는 길 -10월 저녁　　　16

우주로 가는 길 -파란별빛이 쏟아진다　　　17

서울과 경기 그 사잇길 -생의 경계에 서서　　　19

바닷길 -부산에서　　　20

뚝방길 -어느 봄날 당신을 생각했습니다　　　21

노란 길 -그때부터 봄이 되었습니다　　　22

숲으로 들어간 길 -길은 밤에 길어지고　　　23

길이 끝나는 곳에 길이 -봄의 기억법에 대하여　　　24

공무도하가公無渡河歌 -물길　　　26

건너가는 길 -지나간다　　　27

안개길 너머 지중해 건너기 -산토리니　　　29

제2부 | 마일드세븐 언덕

어린 눈발이 날리던 날 -엄마에게　　33

꽃같은 날 -엄마의 정원　　35

서러운 봄이어도 -친구에게　　36

깊은 슬픔 -윤희에게　　37

k를 만나고 온 밤　　38

갇혀있던 말과 바람과 초승달, 그리고 해 -11월 속초에서　　40

강화도에서　　42

사랑이 오네 그때　　43

나르도　　44

현관바닥에서 너는　　46

정든 여자　　47

시인의 구두　　48

폭포, 나이아가라　　49

제3부 | 자작나무 숲

장자못 물오리　　　53

고양이들의 산책　　　54

그 새는 어디로 갔을까　　　55

저 혼자 따로따로　　　56

산중에　　　57

산중에 고양이　　　59

잘 빚은 옹기처럼 -태안 바닷가에서　　　60

초록색 대문집　　　61

은유　　　62

울창한 적이 있었다　　　64

어쩌다, 경춘선을 탔다　　　66

안녕　　　67

다알리아의 고백　　　68

제4부 | 하릴없이

봄을 다듬다   71

라브린스에서 나를 찾다   73

분꽃이 피는 시간   74

퀘렌시아   75

하릴없이 -늦여름 곰소 염전   76

시작과 끝   77

9월   78

어떤 날, 고래는   79

푸른 멍   80

우리가 알게 되는 것   81

가 닿았을까 -한라산 푸른 밤   82

삼청동에 봄날이   84

경이로운 눈빛   85

제5부 | 나의 정원으로 오세요

샤갈의 마을엔 언제나 눈이 내리지　89

저기 태풍이 오고 있다　91

노을, 당신　93

곁　94

분홍꽃밭 -나의 정원으로 오세요　96

오늘처럼　97

다 잃었다, 추석 다음 날　98

우리는 이별을 한다 비대면으로　99

소멸되는 사랑 -르네마그리트 〈연인〉을 보고　101

붉은 열매 -영화 〈산사나무 아래서〉를 보고　103

반딧불이 별이 되다 -템부롱의 밤　105

연두빛 이마로 온 너에게　107

제6부 | 악어네 집

병원이 집이 된 할머니　　　111

할머니와 팥죽　　　112

요리사 모자　　　113

나무에게 이사를 갔다　　　115

새소리가 들리네　　　116

악어네 집　　　117

너무 어려워　　　118

바보 나르도　　　119

난 니가 싫어　　　120

평설 | 유한근

〈양희진의 시세계〉
신비 모티프의 몽상 시인　　　123

제1부

이봐, 너무 슬퍼하지마

얼마나 좋겠습니까
-파도길 따라 다시 돌아 오면

바다에 가고 싶은 한 사람이 있었습니다
생강꽃 연하게 올라오는 봄이면
바다에 꽃배를 띄우자고 했지요
청보라빛 수국이 손그늘을 만들면
빨리 바다에 나가자고 채근을 했습니다
먼 바다로 배를 타고 가고 싶다고
은행잎 수북한 나무 이불 아래서 노랗게 웃었습니다
그 해 첫 눈이 무릎 아래로 모여 들어
이제 먼 바다로 나가자고 손을 내주었는데
끝내 제 모습을 보여주지 않았습니다
생강꽃 연하게 봄은 올라오는데
바다에 가고 싶은 한 사람도 다시 돌아오면
얼마나 좋겠습니까
부서지는 파도 길 따라 다시 돌아오면
얼마나 좋겠습니까

혼자 걷는 길

-10월 저녁

이봐, 너무 슬퍼하지 마
아직 단풍은 지지 않았어,

같이 걸을 때는 들리지 않던 것들이
불쑥 말을 건넨다
미처 따지 못한 참깻잎은
노시인의 신부처럼 늙어가고
남은 호박잎들은 남루하다

여름날 탱탱했을 노란 잎은
바람 속에 시들고
폭포처럼 쏟아지던 물줄기는
나비물로 흩어져
물기가 없다

보이지 않던 것들이
손을 내밀자 닫힌 입속에서 말들이
흔들린다
혼자 걷는 길
가을이 따라오며 말을 건넨다

우주로 가는 길
-파란 별빛이 쏟아진다

쏟
아
진
다

차곡차곡 채워진 점들이
저녁 하늘 파란 별빛으로

별빛 하나에
산 아래 작은 집이 보이고
별빛 하나에
아이들이 꽃잎처럼 모인다

저고리에 밥 짓는 냄새 다정한 엄마
아궁이에 앉아 웃고 있다
젊은 아버지 밭이랑을 둘러메
언덕을 만들고

별빛 하나에
하늘에 십만 개의 별들이

무릎 아래로 모여들어
가장 먼 데서 오는 당신을
기다린다

쏟
아
진
다

어느 한 때 내 우주이기도 했을
별들이

서울과 경기 그 사잇길
-생의 경계에 서서

길을 나섰다
발끝은 앞을 향하는데
언제나 일끝은 뒤로 향하고
한 걸음 나갈 때도 있었지만
대개는 길 끝에 서 있었다
이쪽과 저쪽을 가르는 경계에 서서
나는 항상 주춤거렸다
서울 끝자락에 서서
매일 그 경계를 넘나들고
늦가을 한강은 윤슬이 일어 찬란했지만
이마를 찌푸리고
햇빛에 반사된 저쪽 끝을 바라보며
언제나 이쪽을 향하고 있었다
늘 이런 식이지
태어난 달도 올해와 내년을 넘나들고
태어난 시도 저녁과 밤의 경계에서 주춤거리고
나는
늘 또렷하고 명징한 것들을 갖고 싶었지만
빛나는 것은 언제나
저쪽 끝에 있었다

바닷길

-부산에서

팽팽히 당긴 수평선에
밤새 불빛이 반짝이고 있었다

끝을 알 수 없는 두려움이
이쪽 끝과 저쪽 끝에서 까무룩 조는 사이

밤의 바다는 미끄러지듯
고래의 등을 타고 밤새 헤엄을 치고 놀았다

흑색의 수평선 위로 거대한 구름이 꿈틀꿈틀
하늘에다 세상의 온갖 꿈을 덧칠하고

아침이 오고 밤이 점점 흐릿해져도
아직 몇몇의 불빛은 돌아오지 않았다

고기를 가득 싣고 만선의 풍악을 울리며
달려올는지

그 날 해운대 앞 바다 그 먼 바닷길엔
풍랑도 일지 않았다

뚝방길
 -어느 이른 봄날 당신을 생각했습니다

당신은 초승달이라 했고
나는 그믐달이라 했지요

어느 봄 밤 초저녁달이 당신을 닮기도 하고
또 나같기도 해서 괜히 눈을 흘기기도 했을
그런 날들이 지나고
어떤 이유같은 것들을 덕지덕지 붙여서 억지를 쓰
기도 했을

그런 날들이 지나서
당신은 당신대로 나는 나대로의 섣부름으로
소란하기도 했을 그런 날들이 지나서
멀리 뚝방길로 나가 울기도 했을 때
약속처럼, 내가 지나가면
당신이 오지요

그런 날들이 지나고
주먹에 힘을 빼고 걷는 날이
많아졌지요

노란 길
-그때부터 봄이 되었습니다

당신이 주고 간 생강꽃은
가장 이른 봄이었습니다
노란 꽃잎은 그때부터 봄이 되었습니다

몇 번의 가을이 지나고
무심히 올라간 천마산에서
화들짝
노란 생강나무가 기다리고 있는 줄
꿈에도 몰랐습니다

상수리나무와 갈참나무들은
잎을 다 떨궈 겨울 채비를 하는데

당신은 어쩌자고 노랗게 웃고 있는지요
어쩌자고, 늦도록 잊지 않았는지요

겨울 산중에 노란 길 하나
내어주셨는지요

숲으로 들어간 길

-길은 밤에 길어지고

밤이 되자 영화 자막처럼 떠오른다

깊은 밤, 길은 길어져
낮에는 보이지 않던 풍경들이 어두워져야
안개처럼 올라온다
마침내, 길

아직 겨울이었던 이른 봄 밤
바람이 웅크린 골목을 돌아
키 작은 나무들이 나란한 길
말없이 잡은 손만 말이 많았던
밤 : 길

길은 내 안으로 뚜벅뚜벅 걸어 들어와
오랫동안 나가지 않았다
그 사이 봄이 오고 여름이 가고
가을과 겨울이 서너번 지나
길은 길어져 마침내 숲으로 들어가고
나는 그 사람이 궁금해질 때까지
오랫동안 서성거렸다

길이 끝나는 곳에 길이
-봄의 기억법에 대하여

겨울을 지나온 벚꽃잎은
작년 봄의 네가 아니다

모란이 붉은 삼청동 골목에서
네가 돌아 나오길
길이 끝나는 곳에도
길이 있다는 그 말을 믿고 싶어
다시 내가 나이기를
가만히 물이 고이는 시간을
기다렸다

봄이 부서지고 있을 거리에서
바람은 어딘가로 돌아 나가고
소금기둥이 된 롯의 아내처럼
돌아보지 않으리라고

봄이 눈처럼 부서지는 거리에서
고양이 한 마리 가는 눈을 뜨고
콰야의 그림을 들여다 본다
'그럼에도 불구하고'

그 다음은, 노란 눈빛이 게으른 걸음으로
불러 세운다

작년 봄의 나는 기억나지 않는다
맹세는 때로 부질없지

공무도하가 公無渡河歌

-물길

26

강을 건너나 보다
찰방찰방 안보이는 물소리

누가 불렀나 보다
잠 못들어 뒤척이는 가을비 소리

한밤중 일어난 귀가
수척해지는 가을을 가만히 껴안고

그만큼 야위어가는 당신에게
가만히 물 흘려주는 소리

건너가는 길
 -지나간다

고양이 세 마리 줄지어 지나간다

호수와 풀숲 사이 사람과 고양이가
무심하다
어둠이 발 밑에 밟히는 저녁
고양이 세 마리 길을 건너
호숫가로 내려간다

며칠동안 퍼부은 물의 광기
순한 호수는 순식간에 누런 흙탕물을 쏟아냈다
어린 나무들을 쓰러뜨려 더 이상 자라지 못하는
슬픔을 주었다

며칠이 지나고
고양이 세 마리 줄지어 지나간다

백 년만에 내린 폭우는 시치미를 떼고
고양이 세 마리 줄지어 지나간다

호수는 저 혼자 고요하고

고추잠자리 낮게 원을 그리고
가을이 슬몃 눌러 앉는 저녁

결국, 지나간다
밤새 뒤척이던 당신도

고양이 세 마리 줄지어 지나간다
오늘 끼니도 굶은 것이다

나는 새로운 길을 꿈꾸기 시작했다

안개길 너머 지중해 건너기
-산토리니

바다 끝
파란 수평선 아래
생生은 아슬아슬하다

그리스 바닷가 산토리니
나와 너의 거리는 아득하다

지중해 바다 위로 안개가 건너가
비가 내린다

파란 지붕 끝에 매달린 바다
생生은 이렇게 출렁거린다

제2부

마일드세븐 언덕

어린 눈발이 날리던 날

-엄마에게

먹빛 구름이 파란 하늘을 밀어내고
두둥실 새털처럼 가벼운 날들이었지요
느닷없이 비가 쏟아지기 전에는

그해 봄
살랑이는 바람과 수작을 하며
뚝방에서 쑥을 뜯었어요
어린 쑥버무리는 맛이 있어
당신은 참 쑥버무리를 좋아했지요

팔뚝 굵은 남자가 몰고온 더운 바람이 불 때는
배를 타고 먼 바다로 나가자고 했지요
당신은 참 노래를 좋아했어요

지금이 가장 행복하다고 눈물로 웃던
은행나무는 이제 혼자에요
당신은 참 마실을 좋아했지요

흰 눈이 펄펄 내리는 날엔 털장화를 신고
강아지와 공원길에서 아이처럼 웃어요

당신은 참 어린 짐승들을 좋아했지요

어린 눈발이 날리던 날
당신은 기어코 혼자가 되었어요
어린 쑥과 강아지와 가고 싶었던 마일드세븐 언덕
과 노래와

나를 기다리지 않았다면 어땠을까요

꽃같은 날

-엄마의 정원

마당 한 켠에 웅크린 풀씨 하나 엎드려 있습니다
부드러운 흙 속에 달래어 앉혔더니
어느 날 꽃으로 와 안겼습니다

풀씨는 바람이 가자는대로 순하게 이끌리더니
이듬해는 민들레가 되고
그 다음해는 백일홍이 되고, 모란이 되고
당신 손 끝에 봉숭아로 피었습니다
당신도 한때 꽃 같은 날들이 있었겠지요

첫키스 같은 라일락이 피고
그 사람 같던 자운영이 지고
꽃기린 길게 목을 늘이는
더디게 걸어가는 발자국 뒤로
마음 한 켠에 당신의 꽃들이 들어와
정원이 되었습니다

나는 당신에게
당신의 정원을 주고 싶었는지
모르겠습니다

서러운 봄이어도
-친구에게

어느날 갑자기 아프다는 소식 믿기지 않는 현실이
눈앞으로 닥쳐왔지 한순간 어떻게 왜 쏟아지는 질문
들이 귀를 멀게 했어 멍하니 서있다 주춤거리는 시간
들 흔들리는 기억들 언제나 씩씩했던 모습들과 조용
하지만 당당했던 날들이 삼청동 갤러리를 걷고 카페
에서 차를 마시고 유난히 커피를 좋아했던 네가 커피
를 마실 수 없는 사람이 된 믿기지 않는 현실 너무 완
벽하게 착해서 부족함 없는 행복이어서 신의 시샘이
었을까 도무지 알 수 없는 온갖 이유들이 막막하게 벽
을 만들어 두르기 시작하고 병病이라는 덫에 갇힌 너
에게 어떻게 빠져나오지 멍한 시간들 넘어져있는 나
무들 그래도 그렇더라도 방법은 있겠지 있을 거야 찾
아내야지 언제나 현명했던 사람이었으니 신은 고통에
대한 해답도 분명 내려주시겠지 삶의 또 한번의 고비
를 지나는 거 뿐이라고 너의 짐을 대신 지고 갈 수 없
는 미안함으로 가득찬 서러운 봄이 지나고 있어 내년
봄엔 우리가 좋아했던 수국이랑 수레국화꽃을 같이
볼 수 있기를 늘 산책하던 공원길을 걸을 수 있기를
꼭,

깊은 슬픔

-윤희에게

사랑하는 사람을 잃어버린 너에게
무슨 말을 해야할지
잃어버린 기억이 분명 내게도 있었는데
큰 물방울이 퍼져 희미해지듯 점처럼 작아졌어
날이 갈수록 그 점은 자라는 거 같지만 속수무책
불행은 앞에서 오는 게 아니라 느닷없이,
뒷통수를 갈기지 번쩍!
무언가 소중한 것을 잃었을 때 나는
어떤 모습이었을까
겨울의 저녁 산책이 아름다워서 눈물이 날 뻔했지
오늘도
잘 살고 있는 거라고
그 쨍한 시원함 속에 노란 가로등 빛이 스며
미라보다리를 걷는 듯 황홀했어
사랑하는 사람을 잃은 슬픔을
그 마음속이 우물같이 깊어짐을
눈빛을 보면 알아버리는 상실감을
사랑했던 사람과 걷던 그 은행나무길을
이제 나
슬픔없이 걸을 수 있네

k를 만나고 온 밤

늦은 오후 인사동 골목
옛날의 그 거리가 아니었어
한때는 전부이기도 했을 빛나던,
단풍잎들이 쓸려가는 퀭한 냉기
서둘러 온기를 찾아 들어간 집은 제법
따뜻했지

흰 탁주와는 어울릴 것 같지 않은
금빛 샹들리에
프라하 거리의 그 가스등
잠깐의 설레임은 취기를 돋우고
붉어진 볼을 노란 불빛 아래 걸어두고
한 잔 두 잔
달기도 쓰기도 한 액체는 파노라마처럼
롤러코스터를 타고
자꾸 내 속을 휩쓸고 있었지
너는 아주 중요한 얘기를 했어
일생이 걸린
사소하지 않은 무섭기도 한
처음엔 낮게 하다가 결국은,
말과 술과 볼이 섞여서

붉은 빛깔로 번져 나갔지

그 밤
나는 너에게 무슨 말을 해주고 싶었을까
말들은 노란 불빛에 튕겨져 나가고
붉은 너울을 뒤집어 쓴
문 밖에 있는 너에게
아. 무. 렇. 지. 않. 은. 것. 처럼
-그냥 살아보는 거야

고작 나는

갇혀있던 말과 바람과 초승달, 그리고 해
-11월 속초에서

한 줄기 빛이 스미듯 들어와
잠을 깨운다

무엇일까
커튼을 열면

미처 바다로 나가지 못한 바람이
가르릉 어젯밤을 이야기한다

밖으로 나오지 못한 말들이
발갛게 물든 하늘에 갇혀

주홍빛 홍시로 번질 무렵
툭,

11월 차고 푸른 바다에
붉은 해가 발길질한다

이윽고 해를 받아 안고
나는 한 발짝 바다로 나간다

끝없이 펼쳐진 푸른 호청 위에
어젯밤 갇혀있던 말들과

미처 나가지 못한 바람과
밤하늘에 떠있던 초승달이 물결친다

커튼을 열면
차고 푸른 바다로 부르르 떨며 해산을 하는
붉은 해

속초 가을이 저만치 달아난다

강화도에서

우리는 모두 꽃이 되었다

6월의 소녀 같은 햇살 아래
붉고 농염한 한떨기 다알리아가 되고
구름에 닿을 듯
노래하는 새가 되었다

가는 곳마다 지지배배 소리높여 가락을 내고
우리는 어미를 따라가는
오리떼가 되었고
무엇이든 주고싶은 깨복쟁이 친구가 되었다
슬픔 따윈 모르는 천진무구
발 닿는 곳이 모두 기쁨이 되고
손을 뻗으면 거기

사랑이 있었다

사랑이 오네 그때

바람이 순하게 살랑이고
진분홍 코스모스 기지개 켤 때
사랑이 왔네
볼 살이 오동통
머리카락이 새까맣게 자라서
벌써부터 세상에 나올 준비를 하고 있었나봐
세상을 향해 팔을 벌리고
힘껏 눈을 맞추네
아빠 엄마가 불러주는 아기 상어 노래에
배시시 웃음을 머금고

갑자기 주저앉고 싶었던 마음이
불끈
주먹 쥐고 일어서게 하네,
다시 한번 살아보자고
불끈
종아리에 힘을 주네

온전한 마음으로 차오르는 기쁨을
환한 햇살로 마중 나오게 하네
너는,

나르도

봄이었어
마음이 힘들다고 울상짓던 그때
넌 아주 조그만 몸으로 내 앞에 툭
떨어졌어 밟을까봐 깜짝 놀랠 정도로 작은 몸
깃털처럼 내 품에 파고 들었지
-네 엄마는 어디 갔니?
물으면 까만 눈망울로 촉촉이 바라보는 너를
모른 체 할 수는 없었어
아마 그때부터였을거야 너는
나를 엄마라고 부르며 내 발 끝만 따라다녔지
다른 사람에겐 매정했어 눈길도 한번 안주고
오직 나에게만
내 평생 꿈꿔온 단하나의 온전한 사랑을
쭈글해진 나이에 네게서 받을 줄이야
이름도 예술적인 나르도
과자봉지 소리에도 화들짝 기절초풍하는 겁쟁이
단 한번도 이긴 적 없는 소심쟁이
가족이란 이름으로 심장에 비수도 꽂지 않고
나이가 들어도 여전히 작은 몸으로
나만 바라보고 있는 너
사랑은 바라보는 것

온종일 너와 눈을 맞추니
어느새 마음에 고여오는 물기

나는 왜 그런 사랑을 못했을까

철철 피를 흘리며 받지 못하는 것에만 애닲아 했을
까
이토록 완벽한 사랑을

현관바닥에서 너는

아직도 네 숨결을 느껴 나갔다 들어오면 차가운 현관 바닥에서 종일 한 사람만 기다렸던 너를 어떻게 잊을 수 있을까 내 생전 그런 온전하고 오롯한 사랑을 받아볼 수 있었을까 지금도 내 왼쪽 어깨에 너의 체온이 느껴져 따뜻하고 포근한 제 온 몸을 완벽하게 믿고 맡기는 순종, 나는 다시는 갖을 수 없을거야 너와 같이 산책했던 봄날의 아파트 오솔길과 니가 풀썩 뛰어 들어가 앉은뱅이 풀들과 장난을 치던 우리가 좋아했던 그 여름의 화단 길을 너와 같이 앉았던 늦가을의 카페 의자와 졸린 눈으로 눈 내리던 거리를 바라보던 솜털 같은 날들 그때의 우리를 나는 잊을 수 있을까 온 우주를 나에게 바쳤던 그 마음을 나는 다시 받아볼 수 있을까 지금도 네가 있는 듯 느껴져 내가 앉은 책상 옆에 순하게 졸고 있던 너를 같이 잠이 들던 침대가 너의 온 세상이었던 방에서 쌔쌔 엎드려 잠들어 있던 너를 그래서 같이 순해졌던 나는,

정든 여자

어느 겨울밤 인사동에서
노시인의 시를 들었다
손은 떨렸지만 목소리에 묻어나는 덧없음이
나를 울게 했다
정든 여자처럼 떼어놓기 어려워
바닷가만 빙빙 돌았다는
기타 반주에 실린 시 한자락이
마음을 후벼 파 모래성을 만들었다
정든 여자처럼 떼어놓기 어렵다는
노시인의 목소리가
바닷가를 돌고 돌아
소라껍데기 마음속으로 파고든다
그 바닷가에서 며칠 살고 싶었다
바다는 말이 없고 바람만 왔다 간대도
방파제 끝에는 바다가 요동치고
이따금 아무렇지 않게 배가 지나갈 테지만
노시인의
정든 여자를 떼어놓는 마음을 붙들어
며칠만 살다 오고 싶었다

시인의 구두

얼마나 걸어왔을까

가장자리부터 하얗게 바래지는 발걸음으로
아라비아 사막을 건너
바다 끝 수평선 너머
다시 소금사막 동쪽 끝에서 여기까지
모래알 하얗게 부서지는 발걸음으로

어느 해에는 빗속을 헤엄치는 고래의 고단함으로
어느 해에는 알프스산 녹지 않는 만년설의 단단함
으로

한 그루 단풍나무를 어느 청춘에 심었을 발걸음으
로
아직 할 얘기가 많이 남아서
햇빛 한 줌 부어 제 빛깔로 다시 태어나고 싶은
갈색 구두

폭포, 나이아가라

하늘에서 천둥소리가 났다

내 이름은 안개 속 숙녀
처녀를 묶어 강으로 던졌다지
그래도 천둥소리는 멈추지 않아
밤에는 빨주노초 빛나는 색으로 나를 치장하지만
물보라를 일으켜 햇살 속에 선명한 무지개 빛깔엔
어림없지
아름답다는 건 위험한 일이야
모든 걸 망칠 수도 있지
내 이름은 안개 속 숙녀
뽀얀 살결 속 번득이는 비수
거대한 물결 속 소용돌이가 모든 걸 집어 삼켜
가까이 오면 위험해
고통은 추락하는 비명 속에서 자유를 얻지
달아나야 해
어려운 일이야
내 이름은 안개 속 숙녀
뽀얀 살결 속 절정의 끝에서 하강
언제나 비상을 꿈꾸지만
사랑은 언제나 가혹하지

제3부

자작나무 숲

장자못 물오리

물오리 한 마리
비를 맞고 있다 언제나 그 자리

한 마리가 보이지 않는다
괜시리 물 속을 들여다보다
풀숲을 바라보다
긴 주둥이로 하늘을 올려다 본다

낮게 물 위를 날아오르다
이내 물장구를 친다
비가 후두둑 내리는 공원은
저 혼자 고요하고

물오리 한 마리
비를 맞고 있다

어디로 사라졌을까
짝 잃은 모든 것들은 울지 않는데
장자못에서는,

고양이들의 산책

이른 아침 공원
새들이 노래하는 게 보여요
옹기종기 모여 노래자랑을 하는 걸까요
나는 게으른 눈을 뜨고 하루를 시작하지요
푸른 비타민을 먹지 못해서 일까요
아침에 일어나는 햇빛에게
그만 이마를 찡그렸어요
속치마처럼 환히 비치는 세상은 재미가 없다고
쨍한 볕이 사그라드는 저녁
담벼락에 온기가 남아 있을 때
담을 넘어야 해요
아직 달이 뜨기전 끼니를 찾아야 하지요
어떤 날은 나무 위에서 떨어지고
어떤 날엔 물가를 서성대면서
초저녁 별이 뜨는 하늘엔
순한 바람이 모두 집으로 데려가고
나무 끝에 그믐달이 걸리면
이제 나도 누울 곳을 찾아야 해요
달빛이 물가에 푸르르 어스름한 몸을 누일 때
이른 저녁이 느슨하게 타박타박 걸어올 때
나는 차가워진 담장을 넘지요

그 새는 어디로 갔을까

처음엔 둘이었다
마주 보고 있으면 웃음이 나고
시시한 세상일 따윈 잊고 살았다
너를 지켜주리라 주먹을 불끈 쥐었던
그때는
햇빛이 짓궂게 희롱을 부리던 여름이 가고
호수의 물빛 파랗게 일렁이더니
하늘이 얼른 들어와 앉은 날
혼자였다 너는
아무리 물어도 대답이 없었다
비가 후두둑 낡은 신발을 적시던 저녁
호수 한가운데로 붉은 산그늘이
저벅저벅 들어오더니
너는 보이지 않았다
수풀 속에도
억새덤불 속에도 끝내
나뭇잎들이 노랗고 빨갛게
호수 한가운데로 몰려오는데
너는 어디로 갔을까
혼자 있는 것들은 결국 다
어디로 가는 것일까

저 혼자 따로따로

빗방울 후두둑
수면 위 동그라미 들린다

고요한 물 속이 소란해지더니
하늘이 나무가 그리고 노래하지 않는 새가 날아든
다

맑은 날 호수는 물결이 없더니
빗방울 후두둑 두드리니 말이 많아진다

회색 바위에 혼자 있던 물새는
저 혼자 비를 맞아 어른이 되고

저녁도 먹지 않은 고양이는
저 혼자 비 오는 호수를 바라보고 있다

멀리서 비 오는 소리 들린다
멀리 산 아래 비 고이는 소리 들린다

멀리서 보고싶은 생각들이 달려온다

산중에

나는 산이 좋아
산중에 살려네
봄이면 개망초꽃 실실대고
산수유 꽃잎 노랗게 간질대는
산중에 살려네
까마중 같은 새까만 밤하늘에
쏟아지는 별들을 주워 담으며
나는 산중에 살려네
새벽 어스름 산자락에 눈을 뜨고
산 아래 고단한 시름들 이슬이 씻겨주는
나는 산이 좋아
산중에 살려네
물푸레나무 다정히 바라보고
살구나무 괜찮다 안아주는
나는 산이 좋아
산중에 살려네
봄이면 하얀 산매화 나풀나풀
여름이면 분홍 앵두꽃 숨결
가을이면 애인의 붉은 비단 옷자락 아찔한
나는 산이 좋아
산중에 살려네

겨울이 오면 어떠리
아무도 밟지 않는 하얀 눈 뽀드득 뽀드득 산길 오르
면
한 세상도 훌쩍
이승을 넘는 것을
나는 산이 좋아
산중에 살려네
그대가 있어 언제나 웃으며 반겨주는
나는 산이 좋아
산중에 살려네

산중에 고양이

처서가 지난 산중에
뜬 보름달

가을을 물고 온 구름은
그녀처럼 하염없고

사각사각 달빛을 베어문 고양이가
하품을 하는 산중

열두 쪽 붉은 비단 치마폭 두른 손님
문득 찾아오니

물푸레나무 잎사귀
발그레 뺨을 붉힌다

잘 빚은 옹기처럼

-태안 바닷가에서

　유난히 지리멸렬했던 긴 장마였지 우리의 세월만
큼이나 더께더께 내려앉은 안개 속 풍경 속에서
　우리는 해루질을 하고 있었어 비의 속도는 우리의
노동을 더디게 하고 빗금을 치고 지나갔지
　설핏 어머니의 홑저고리처럼 갯벌을 오가는 늙은
옹기쟁이는 잘 빚은 옹기처럼 갯벌을 쓸었지
　쨍한 볕 그림자를 그리워하며 이제 가마 속으로 들
어갈 시간이야 타오르는 붉은 한숨
　개구리만 무심하게 세월을 울어댔지

초록색 대문집

골목 끝에는 세 집이 있었다
내 동무 복순이네가 가운데
뒤 곁에 제법 깊은 우물이 있던 집
앞 마당에 나무평상이 길게 누워있던
초록색 대문집
밤이면 모깃불 피워놓고 라디오를 들으며
엄마 무릎에 떨어지는 별을 세던 아이
한밤중 무섭다고 안방으로 건너가면
꼭 안아주는 젊고 다정한 엄마, 청년 같은 아버지가
늑대와 호랑이를 물리쳐주던
옛날의 그 집
밤늦도록 다방구 하다 남의 집 계단 잠이 들어도
온 동네가 반딧불이 같았던
식전부터 앞집에 모여 공기놀이를 해도 배고프지
않았던
옛날의 그 집
순한 사람들이 모여 사람이 무섭지 않던
인왕산이 넉넉하게 품을 내주어
햇살같이 어린 내가 여물던
그 골목
초록색 대문집

은유

울음을 방안에 가두고 나 들어가지 못했다
방문 밖에서 서성이기를 몇 날
복사꽃 환하게 피자 방으로 물이 흘러들었다

때로는 감당하기 어려운 벅찬 밀물로 몰려왔다
미처 빠져나가지 못하고 혼자 남아
밀려밀려 너에게 닿기를
그토록 애태운 시작과 끝 사이
-나는 모르겠어
되풀이 하던 그녀처럼
무심했을 날들을 다 삼켜버리는 바다 앞에서
흔들린 날도 여러번
마우이섬에 내리는 비만큼이나 멀기도 했을
그 마음이 고여 강이 되고 바다로 흘러갈 그 먼먼
훗날
깊은 잠에 빠진 날도 여러 날
감당하지 못하는 것들을 끌어안고
가만히 바다로 내어주는 일이 더 많았다

당신은 불온한 일
그 사이 바람이 불고 비가 더 자주 내렸다

새벽에 깨어 구질구질한 말들을 바다로 밀어 보내고
나는 바다에서 정금처럼 빛나는 돌을 건지곤 했다
번번이 얻어맞고야마는 지겨운 은유를 지나
떨치고 싶은 적 많았으나 나는
이따금 숨기도 하고 한밤중
어린 날 부뚜막에 앉아 고양이의 목덜미를 쓰다듬
곤 했다

울창한 적이 있었다

밀도가 높은 사람의 말은 울창하다
일제히 날아오르는 수만의 새떼는 바람이 들지 않
는다

무엇이든 주고 싶은 때가 한 철 있었다
네가 느슨한 말로 사이를 띄울 때
그 사이로 바람이 몹시 드나들었다

봄을 반으로 나누면 춘분春分
봄이 울창해지는 시간
그러면 여름이 와?
반보다 더 꺾인 나이가 되어
겨울에도 울창한 대나무숲을 그리워한다
울 울 창 창한 문장을 빽빽이 지나면
다시 푸른 숲이 될까

상트페테르부르크 자작나무 숲으로 가자
하얀 기둥이 촘촘한 궁전으로 가면
처음의 그 마음으로 돌아갈까
마음에 구멍이 숭숭 뚫려
말이 되지 못할 때

겨울을 가로지르는 새떼에 올라타 하얀 숲을 날면
마음에 다시 푸른 이끼가 발돋움할까

-사람들이 울창해라고 말한
그 아이의 세상은 지금도 무성할까

나도 한때 푸른 적 있다

어쩌다, 경춘선을 탔다

이른 아침 경춘선 객차 안에는
섬들이 졸고 있다
각자의 섬들이 멈췄다 닫힌다
사능을 지나니 숲이다
때 아닌 겨울비가 문 밖을 서성인다
나무는 뽀얗게 서서 수액을 맞고 있다
어떤 나무는 푸르게 일어나 기지개를 켜고
이런 날은 하늘이 바다가 되고
바다가 하늘이 되는 동화 속 세상이 된다
하얀 천마산 꼭대기에 비가 내린다
-눈이 녹지는 않겠지
-흰 눈으로 남아 있겠지
청평에 다다르니 운무가 산허리를 감싸 안고
푸른 호수가 빗물로 덮힌다
춘천, 종착역에 다다른 너와 나의 모습은
어떤 모양일까
나는 잠깐 멈춘 섬에 발을 내딛는다
안개 속이다

안녕

너는 말이 없었고
나는 침묵했지

계절이 지나고
태양도 무심히 차가워졌어

안녕,
우리도 저 시월의 달빛처럼 삼삼해지기를
시월의 사막처럼 막막해지기를
그 사람의 뒷모습처럼

당신은 폭설인가요

다알리아의 고백

전등사 가는 길
갑자기 붉고 화려한 네가
나를 돌려 세웠지

나 아니면 안된다는
너뿐이라는 온전한 믿음을
어떻게 뿌리쳐
그 붉은 꽃잎을 열 때처럼 아찔한
고백, 맨 처음
주변을 암전시켜버리는
헛됨
그 무모함
눈독 들일 때의 떨림이

내게 온 거야

제4부

하릴없이

봄을 다듬다

산골 마당 퍼진 햇살 아래
소쿠리 가득 따온 나물을 펼쳐놓는다

아기손 같이 보들한 오가피 다섯 잎
손에 가시가 박히는 줄도 모르고 살살 떼어낸다
어떤 것은 가시에 찔려도 모를 만큼 소중한 것이 있
다

둥근 머위대는 툭툭 꺾어 담는다
딸 때도 수월하더니 끝까지 풍성하다
호박잎처럼 동그라니 쌈으로 먹는다
사는 날들도 이렇게 둥글었으면

낮게 엎드려 따온 자잘한 돌나물은
상처없이 베려면 땅에 가까워져야 하고
검불들을 골라내야 돌나물을 얻을 수 있다
어떤 것은 낮게 정성을 들여야 본모습을 내어준다

쭈그려 앉아 쓸모없는 것들을 골라내고
덥수룩히 덮혀 있는 지푸라기들을 떼어낸다

어쩌면 이 못난 것들이 나물을 자라게 했을까
이 하찮고 무용한 것들이 어쩌면 나를 지켜준 것일
까

챙모자를 쓰고 봄을 다듬는다
쭉정이들이 덩달아 딸려 나간다

버리고 쳐내고 잔가지를 골라내니
새뜻해진 봄이
소쿠리 한가득 들어와 앉는다

라브린스에서 나를 찾다

아주 오래 전
강화의 기억들을 돌려 세우고
도편수가 지었다는 한옥성당을 찾아갔네

커다란 배 모양으로 처마 끝이 하늘로 오르고
구름 한 자락 끌어다 놓은 뒤 뜰에
중세의 미로찾기 정원이 그려져 있었네
처음엔 비우고 내려놓아
가운데 이르러
머물러 고요해진 마음

푸른 가슴 안고 나오니
물결처럼 퍼지는 성당의 둥근 종소리

어디선가 아이들 꽃잎처럼 몰려 나오고
뒤 곁에 웅크렸던 아이 하나
덩달아 꽃잎이 되네

분꽃이 피는 시간

당신이 오후 잠을 자는 사이
공원에 나가 맨발로 걸어 봅니다
오후 4시, 당신은 꿈속에서 그 골목을 지나고 있겠
지요
그 사이 날은 어두워지고
어디선가 분꽃이 피어 나는 소리 들립니다
가만히 귀 기울여 그 소리 따라가
하릴없이 그네에 앉아 발을 굴러봅니다
하늘에 닿을 만큼은 아닌데
초저녁별이 불쑥 다가와 보입니다
반가워 당신인가 하고
가만히 올려다 봅니다
별은 아득히 멀고 저녁은 깊어져
귀뚜라미소리 풀밭에 밥상을 차려놓았습니다
어디선가 밥 짓는 냄새 들립니다
활짝 핀 분꽃의 향기가 바람을 타고 지날 때
당신은 꿈속에서 노란 분꽃을 보고 있겠지요
아직 잠에서 깨지 않았겠지만,

퀘렌시아

2023년 그 해 여름 섭씨 36도
이제 봄은, 죽었다

밤이 되도 식지 않는 열기에
솟구치는 욕망의 땀방울들
까뮈의 여름이 이랬을까
태양은 잔인하게 비수를 꽂는다

달아나야 해!

나의 동산으로
엉겅퀴 원추리 작은 풀꽃들이 다투지 않고
강아지풀 나지막히 몸을 낮추는 그곳
저녁이면 붓 한자루 휙 뿌려
진홍 노을 물들이는 하늘 한 자락 둘둘 말아
시 한 수 읊조리면
장자못 호수 백로가 귀기울이고
저녁을 먹은 고양이가 게으르게 걸어가는 그 곳

나의 퀘렌시아
나의 동산으로,

하릴없이
-늦여름 곰소 염전

비린내는 나지 않았다

소리도 없이 가는 비가 내리고
오래된 나무판자를 덧댄 문에서는
손을 대면 금방 바스라질
먼 곳의 소리가 들렸다

고된 얼굴을 한 사내는 보이지 않고
황토소금이 담긴 작은 항아리들만 나란히
옹색한 살림살이 위로
가는 비가 내렸다
소리도 없이 소금기가 스며들었을까
오래된 나무판자를 덧댄 소금창고
비는 하릴없이 가만히 스며들다
일몰이 몰려오는 바다로 나가리라

이쪽 끝과 저쪽 끝 사이
소리도 없이 바람이 불고
나는 무엇엔가
자꾸 뒤돌아 보고 있었다

시작과 끝

숲속의 우물물이 깊어지는 사이
호수 맨 아래부터 시작된 네가 건너온다
푸른 물빛의 시작이다
시작하는 것과 끝이 있는 그 사이
네가 있다
시린 이야기들과 시든 서러움이 손을 잡는 사이

그 어디쯤 네가 있다
우리의 시작이다

9월

한낮의 햇볕은 따가워 초록색 원피스로도
감출 수 없는 욕망이
쉬폰의 부드러운 감촉으로 따라와
가을이야,
내 귀에 연두부처럼 일렁대고

오래 전 화석에 새겨진 사랑이
이제 막,
시작되고 있었다

어떤 날, 고래는

폭염에
푸른 여름이 녹아내리던 날
우체국엘 갔지
남아있던 연민과
너의 무례를 함께 넣어
가을에게 부치려고 해
안녕

그리움이 선선함을 넘어
알래스카에 닿을 때까지
너는 왜 지치지 않는거니
내가 고꾸라 넘어질 때까지
기다리는 거니
나의 눈빛에 물기가 남아있을 때
그때
이르쿠츠쿠로 가자
바이칼을 넘어
먼 바다로 나가면

그때는
고래를 만날 수 있을까

푸른 멍

그 해 봄 시작된
고장 난 목소리

긴 여름 다 가도록
말은 돌아오지 않았다

늦가을 노란 바람소리처럼
말은 자꾸 허물어져

기어코 내린 첫눈 속으로

푸른 멍이 들었다가
오래
나가지 않았다

우리가 알게 되는 것

나이 들어간다는 것
강둑에 키 작은 강아지풀이 눈에 들어오는 것
꽁꽁 언 호수에 사는 고양이의 안부를 묻게 되는 것

긴 여행을 떠나는 철새의 품이
차가워지는 걸 알게 되는 것
서쪽이 아득해지는 것

수양버들의 혼잣말에 미소짓고
지나는 모든 사람에게 친절해지는 것

대나무꽃으로 흰 머리를 쇠는 저 늙은 왕대의
첫 청춘을 지켜보는 것

인생의 봄과 여름,
그리고 가을과 다가올 겨울처럼

가 닿았을까
-'한라산 푸른밤'

비가 내리고 있었어
아주 오랜만에 이른 새벽 얼굴을 씻고
젖은 맨발로 스삭스삭
당신을 만나러 간 날은

당신은 아슬아슬
눈을 가늘게 뜨고 봐야 얼굴을 내어주더군
배를 뒤집고 누운 매미 같던 심장이 조금,
쿵쾅거렸을까
나도 모르는 새 오랫동안 기다리던
끝도 없이 넓은,
어깨 너머로 푸른 고래가 헤엄을 치고
말없이 나를 안아주던,
토닥이면서 멀리 밀려났다
깊고 푸른 눈으로
다시 와 안아주는
푸른 고래

6월 함덕에 가면
볼 수 있다지

간 밤 해녀들의 떠들썩한 소리를 삼키며
한라산을 베고 누워 마신 푸른 밤은
먼 바다로 흘러갔을까

내가 마신 푸른 시간들이 고여
당신에게 가 닿았을까

삼청동에 봄날이

환갑이 되던 어느 봄날
삼청동길을 걸었지 골목을 돌고 돌아
백 년된 집의 솟을대문으로 들어가
행랑채 사랑채를 지나고 본 안채의 뜰은
아직 향기로왔어 붉은 모란이
하얀 목단이 탐스럽게도
나를 보고 있었지

무에 그리 애닲은 생이라고
서둘러 에둘러 숨을 할딱거렸는지
붉은 꽃 내음 가득한 뜰은 고요했어
뒤돌아 보지 말라고 쉿,
가라앉히라고

환갑이 되던 어느 날
오기와 교만으로 뭉쳐진 돌멩이들을 툭 툭
걷어차면서
섣부름과 어리석음을 소금기둥에 매달고
훌훌 나비가 되어
삼청동 골목길을 걸어 나왔지
아주 가벼운 느낌이었어

경이로운 눈빛

시작은 언제나 흔들거리지
가늘게 떨리는 꽃잎처럼
잇새로 벌어지는 황홀한 기억
너를 만나러 가기 전
모든 게 처음인 이브처럼

심장에 물이 빠져나가
버석거리더니
간밤에 들썩이던 빗방울
짐승의 울음 같은 소리는 두 눈을 멀게 하고
날벼락치던 새벽하늘의 꿈은
심장과 수작을 부리더니
퍼뜩
하늘이 깨어난다

새로운 길이다

제5부

나의 정원으로 오세요

샤갈의 마을엔 언제나 눈이 내리지

여보, 눈을 감으면 들려요
사그락 사그락 눈 내리는 소리가

하늘에 흰 당나귀 뛰어 다니고
송아지 눈 속에 소리 없이 쌓이는 눈

여보, 눈을 감으면 보여요
저녁 굴뚝을 오르는 흰 연기들

하르릉 하르릉 소리를 내며
염소들이 집으로 돌아가고

울타리 너머까지
밥 짓는 냄새가 나요

여보, 눈 내리는 마을로 가요
여기는 눈이 오지 않아요

눈은 이방인
감은 내 눈 속에만 눈이 내려요

여보, 나는 당신과 화해하고
당나귀와 수탉과 염소들의 안부를 묻고 싶어요

잘 있었냐고 괜찮냐고 토닥토닥
안고 싶어요

내 손등에 눈이 내리고
눈은 따뜻하게 집으로 들어가겠지요

눈을 감으면
샤갈의 마을에는 언제나 눈이 내리고

당신은 우는 듯 웃고 있어요
창가에 고단한 몸을 누여요

눈을 감으면
지붕에서 하늘까지 차오르는 흰 눈들

저기 태풍이 오고 있다

검은 먹구름 몰려 온다

저 들판 너머 산등성이 돌아
바람과 구름이 한몸으로 부둥켜안고
굵은 눈물 뿌린다
무에그리 애닯아 울고 있는 것일까

잎사귀 위에 후두둑 얹히다
갑자기 내리 꽂히는 소낙비로 온 몸 젖어 쿨럭거린
다
잎파리들의 멱살을 송두리째 잡아 흔든다
호수 위 물고기들
삽시간에 흩어진다

호수 안에 있는 새들의 섬
흰 새들 가만히 귀만 세우고
날지 않는다
새들이 날지않는 호수
물고기들이 바닥에 엎드려 있다
물결이 파닥거린다
아무리 숨으려고 해도

숨어지지 않는 것들이 있다

다정했던 벤치는 무시로
젖어 누워있다
아무도 눕지 않는 밤
언젠가 등이 펴져 화사한 여인을 쫓아갔던
그 사내, 다시 벤치로 돌아 왔을까
솔방울 하나 투둑, 떨어진다
등 뒤에서 비뚤어진 교회 십자가가 울고

고양이 세 마리 어디서 비를 맞고 있는지
보이지 않는다
저기 기어이 태풍이 오고 있다

노을, 당신

늦게 도착한 기차역
기다리는 사람이 없습니다
단풍 같은 하늘은 붉게 떨어지고
하늘이 절룩거리며 휘날립니다

그 자리에 오래 서있는
나무를 생각합니다
새털구름들이 천진하게 몰려다니던
눈 하나로 너와 내가 따로 없었던
언젠가

낙엽으로 쌓이는 늦은 깨달음도
완강하게 뿌리치는 이별도
이런 날엔 가볍게 날려도 좋겠습니다

집에는 아무도 없어 왈칵 쏟아지던 노을이
서쪽 하늘에 걸리면

붉은 울음 깔린 기찻길 따라
당신이 거기 서있을는지요

곁

낙엽이 엄마의 그륵*처럼 가득 쌓이는 날
나를 모양쟁이라고 부르는 투박한 장독대같은
그녀가 거기 있다
모든 것이 다 사라진 것은 아닌 달이기에
풍경이 지워지기 전 서둘러 집을 나선다
이미 겨울이 발밑에 와버려
때를 놓치기 전에

나이가 든다는 건 후회의 그림자를 줄여가는 것
그대에게 또 나에게
너무 늦기 전에 해야되는 일을
고르는 일

산중턱의 평평한 나무 등걸엔 조촐한 잔치가 열린
다
산과 이미 와버린 가을에 관하여
우리는 한 잔 또 한 잔 막걸리로 산을 예찬하고
시를 읊조리다 마침내, 11월에 죽은 시인들을 애도
한다
그녀는 이따금 일어나 마당을 쓸듯 가래질을 하며

*그륵:그릇의 옛 사투리

웃는다
초저녁별이 뜬 숲에 앉아 고요해지자며
또 웃는다

낙엽들이 덩달아 일어났다 쓸려간다
산 그림자 제 곁을 내주며 다정해진다

분홍꽃밭
-나의 정원으로 오세요

꽃물 든 비가 호수에 내려
버드나무 새순에 분홍꽃 앉았다
바람이 한번 다녀가니
진저리친다

호수는 벌써부터 분홍꽃물
눈이 출렁인다
마음이 덜컹, 나무에 걸린다

턱에 걸려 못 오는 걸까
봄비에 몸살 앓았다고
바람에 꽃잎 다 졌다고
나비 날지 않는다고

비 그치니
연둣물 든 버드나무잎 쑥 키가 크고
왕꽃나비 까치발로 종종종 마중 나간다
비 그쳤으니
나의 정원으로 오세요!
호수는 벌써부터 분홍꽃밭,

오늘처럼

카톡카톡 소리가 요란하다
화려한 문구들
궁금한 소식은 정작 들리지 않는다

새해 첫날
응앙응앙 당나귀 울음소리처럼 힘차다

오늘처럼 내내 우렁차기를
갓 태어난 아기처럼 무엇이든 될 수 있기를
일 년이 평생으로 기억되기를

오늘처럼
우주의 한 귀퉁이에 서서
어린 왕자의 목도리를 만지작거리며
여우를 기다리는 그 시간만큼 행복하기를
딱 좋아,
그만큼만 살아보기로 한다

다 잃었다, 추석 다음 날

가야 하는데 가기가 싫다 보고 싶지가 않다 무슨 말을 해야할 지 추석에 한번도 가지 않은 적이 없었는데 낭패다 서운한 마음을 표현할 길이 없다 길이 보이지 않으니 침묵하는 게 나은 방법일까 가족의 화목을 말하면서 절대 가진 것을 내놓으려 하지 않으니 할 말이 없어진다 어른인데 존중하는 마음이 멀리 달아나 영 쉬이 돌아올 것 같지 않다 추석이 길을 잃어버렸다.

보지 않으려는 마음과 보고 싶은 마음 어떤 게 진짜일까. 보이지 않는 마음 속으로 물이 고인다 물은 흘러 흘러 강으로 가야 하는데 꽉 막혀있다 통로가 막히면 그대로 서있을까 강물이 문득, 묻는다 네 마음이 보이지 않아 우리는 언제쯤 흘러 다시 강으로 모일 수 있을까.

우리는 이별을 한다 비대면으로

당신을 볼 수가 없군요
오랫동안 기다렸는데
마침내,
이렇게 되고 말았네요

봄처럼 떨어지는 연한 꽃 그늘 아래
당신을 볼 수 있을까
6월 장미가 붉어져 눈독 들이는 날
당신을 볼 수 있을까
지독하게 여름을 앓다가
물기가 빠져버린 몸이 휘청대고
이젠
당신을 볼 수가 없네요

화면 속에 당신은 웃고 있는데
가려진 입꼬리는 웃는건가요?
이젠
모르겠어요 소중한 건 무엇인가요
낡은 축음기에선 희미한 옛사랑의 그림자가 지직거
리고
화면 속에 당신은 말을 하지만

어쩐지 들리지 않아요
당신을 잃어버린건가요?
마침내,
이렇게 되고 말았네요
비대면 통장처럼

소멸되는 사랑

-르네 마그리트 〈연인〉을 보고

숲으로 난 문을 열면
숲은 사라지고
파이프를 문 남자가 얼굴도 없이 서있지
어디를 바라보는 걸까
찌끄러진 시계가 가끔 째깍 될 때도 있어

까무룩 저녁별이 내려다 보던
그 때
어쩌면 너랑 입맞춤 할 때 조차
숲으로 갔는지도
열리지 않는 문앞에서 너도,
서성거렸을까

생각은 했어
간절함을 동그랗게 말아서
너무 빨리와 폭삭 늙어버린
입맞춤이
숲으로 걸어 들어가
흰 천으로 덮여지고
다른 문으로 걸어나가

달아나는 영원,
그 찰나를
무심히
바라보고 있었지

붉은 열매
-영화 〈산사나무 아래서〉를 보고

물 속에 잠겨있어도 꽃은 피었을거야

오래 전 아직 물에 잠기기 전
산사나무 아래서 처음 너를 보았지
너는 찡그리고 있었어
너를 웃게 하는 게 기쁨이 되었지
붉은 산사나무 열매가 그려진 대야에
발을 담그면 귀밑머리 풀잎 같던 네가 보여
여기서 잠들래
물 속에 잠겼지만 나는
너를 볼 수 있어
네 이름이 들리면 언제든 가겠다 약속했지

물 속에 잠겨있어도

내 옷으로 얼굴을 가리고
자전거를 타는 네가 지나가
아이들이 까르르 웃으며 학교 가는 길엔
지금도 코스모스가 줄을 맞추고
농부들이 커다란 챙모자에 땀을 훔치면

가을도 덩달아 흔들거리지

물 속에 잠겨있어도 붉은 열매가 달렸을 거야
여기 산사나무 아래

반딧불이 별이 되다

-템부롱의 밤

저녁 강에 펼쳐진 붉은 노을이
금실을 끌고 산 너머로 걸어가면

너의 얼굴은 보이지 않는다
희미한 그림자도 없이 완전한 어둠

템부롱 정글에 본 적 없는 밤이 몰려오면
물 위에 떠있는 맹그로브 숲에 반짝

스르르 소리도 내지않는 뱃전에 반짝
템부롱 반딧불이가 따라온다

배는 신화와 전설이 숨쉬는 심장 속으로 빨려들고

손에 잡힐 듯 쏟아지는 별빛과
손을 내밀면 잡을 듯 사라지는 반딧불이

그 밤
나는 오랜만에 닫힌 문을 열고 나와
엉엉 울고 싶은 아이가 있었다는 걸

엉엉 울고 싶은 마음이 있었다는 걸
들켰다

손을 뻗으면 별을 가질 수도 있을거라 믿었던 날들
이
태초가 반딧불이었다는 것을
새와 악어와 짐승들의 깊은 정글 속에서

완벽하게 어두워져야 보이는
맑은 마음을
가만히 움켜쥐고

연두빛 이마로 온 너에게

말하자면, 때에 관한 이야기지
때를 못 맞추면 섬에 갇히고 말아

연두빛 이마로
올 때는 내게도 푸른 물이 들어

반듯해진 이마가 환해지기도 했을
그런 날 들이 지나고

부질없어질 시간들이 쌓여
더 이상 환해질 수 없는 주름들이

연두빛 이마를 무참하게 만들어
속절없어

말하자면, 이건 때가 관한 이야기지
이제 네가 갇힐 차례야

연두가 지나 초록이 되면
나도 덫에서 빠져나와 화창해질까

제6부

악어네 집

병원이 집이 된 할머니

-할머니는 왜 집에 안오고 병원에서 사는거야?
엄마는 대답을 안해요
엄마는 날마다 할머니를 만나러 가지만
나는 매일 갈 수가 없어서
어쩐지 슬픈 마음이 들어요
어떤 날은
멍멍이를 보고 싶어하는
할머니를 위해 몰래 데려가서
아주 잠깐 만나게 했는데
할머니는 좋아서 허 허 웃고
멍멍이는 자꾸 도망치네요
그렇게 좋아했던 할머니를 보고도
할머니 마음도 모르는 바보
사람들은 모습이 초라해지면
좋아했던 사람이 싫어지는 걸까
자꾸만 달아나게 될까
혹시 나도 그럴까봐,
마음이 쪼글쪼글해 지면서
할머니가 자꾸만 생각이 났어요
허 허
웃기만 하는 우리 할머니

할머니와 팥죽

-팥죽 먹고 가자
할머니와 처음 그 팥죽집을 갔을 때
동네 한 귀퉁이 허름한 집은 사람들로 넘쳐났고
직접 팥을 갈아 만든
붉은 팥죽은 정말 맛이 있었습니다
-거봐라 이집 팥죽이 제일이여!
할머니 어깨가 쑥 지붕처럼 올라갔는데
그 해가 다가기도 전
길게 누운 참나무처럼 넘어졌습니다

고추 잠자리 낮게 날고
바람이 선선해지면
나는 팥죽을 먹고 싶은데 이젠
그 팥죽가게를 갈 수가 없습니다

이럴 줄 알았으면 할머니랑 그 팥죽가게에
열 번은 더 갔을 걸
이럴 줄 알았으면, 앉은뱅이 의자를 밀고라도
한번이라도 더 가볼 걸
나는 오늘도 팥죽가게 앞을 서성이다
괜시리 돌멩이만 쥐고 돌아왔습니다

요리사 모자

내가 땅꼬마였을 때 할머니집에 갈 때면
아빠는 차가 막혀도 콧노래 흥얼흥얼
괜시리 핸들을 꺾어
까르륵 까르륵 소리를 내게하고

덕소 구불구불한 읍내를 지날 때면
커다랗게 보이던 요리사 모자
-와 요리사다!
소리를 지르면
환하게 웃어주던 셰프라인 요리사 아저씨

언제부터였을까
우리는 요리사 모자를 봐도
소리를 지르지 않아
-에이 우리가 뭐 어린앤가
아빠는 그만,
재미있는 놀이 하나를 잃어버렸다

어른이 된다는 건
콩닥콩닥 뛰던 가슴이 멈추는 걸까
재미있는 일이 시시해지는 걸까

내가 땅꼬마였을 때 할머니집을 갈 때 보았던
그 요리사 모자가 어느새 내 마음에 쏙 들어와
나는 일류 요리사가 되는
꿈을 꾸었다

나무에게 이사를 갔다

가만히 나무를 껴안고 올려다 봅니다
가지가 갈라져 두 줄기로 올라간 은행나무

이렇게 마주 보고 있어야 열매가 열린답니다

노랗게 웃는 스마일 스티커처럼
은행잎이 샛노랗게 깔린 나무 아래서
노랗게 웃던 할머니

그 해
할머니는 새 옷도 다 입어보지 못하고
나무에게 시집을 갔습니다

새소리가 들리네

장마비 요란하게 땅을 두들겨
여기저기 깡통소리 들리더니
어라! 빗소리 대신 새소리가 들리네

어떻게 소리가 금방 바뀔까
세상은 백과사전에도 없는 일들이 참 많은가 봐
어라! 어디 있다가 이렇게 나왔니

땅강아지가 푸른 깻잎사귀 뒤로 숨네
깨벌레는 반갑다고 얼싸안고
어라! 소금쟁이는 부지런히 빗물 위를 걸어다니네

비 오고 난 뒤 땅바닥이 몽글몽글 숨을 쉬더니
땅강아지 깨벌레 소금쟁이 무당벌레가

보고 싶었다고
자꾸만 여기저기서 모여들어
괜찮냐고
괜찮다고 등을 토닥이네

새소리가 들리네

악어네 집

내 이름은 악어 할머니
우리 집은 악어가 살지 않는 악어네 집

망고 네 살 적
공룡 탈을 쓰고 놀이터에서 퍼포먼스 보인 할아버
지
온 동네 아이들 달려들어 꼬리를 잡아 흔들고
팔을 잡아 빼고
-야야 얘들아! 진짜 공룡이 아니라 할아버지라구!
정작 망고는 무서워 악어할머니 뒤에 숨고
동네 아이들만 신이 났던 그 날 이후

공룡 발음이 어려워 악어가 된
악어 할아버지와
악어 할머니
우리는 악어네 가족
우리 집은 악어가 살지 않는 악어네 집

너무 어려워

망고는 세 살
악어할아버지는 일흔 살 장난꾸러기

어느 여름날 산중에 올라가
올챙이를 잡아 고사리 손에 쥐어주니
-할아버지 난 너무 어려워!
금방 울음을 쏟을 듯 찡그리던 망고

어느새 일곱 살이 되어
-이것 봐 올챙이가 간지럽히고 있어!
이젠 손을 오무리는 망고

고사리손이
무엇이든 잡을 수 있는
야무진 손이 되어가네

바보 나르도

내가 태어날 때부터
악어네 집에 살았던 강아지 나르도
열 네 살 할아버진데 무척 겁쟁이다

할머니가 날 안아주면 저도 안아달라 앙앙앙
할머니가 밥을 주면 저도 달라 잉잉잉

산책갈 때 나는 줄을 잡고 싶은데
저는 싫다고 할머니 쳐다보며 낑낑낑
할머니만 좋아하는 바보 강아지
-나도 너랑 친구가 되고 싶단 말이야!
-내 맘도 몰라주는 바보 나르도

-어라! 내가 자다 일어났는데 내 옆에 엎드려 있네
-날 지켜주고 있었나봐!
-이젠 바보라고 안할 게
-이젠 너도 나를 좋아하는거지?

이제 날 지켜주기 시작했는데 지금은 나르도가
악어네 집에 살지 않는다

난 니가 싫어

난 니가 싫어
사람들이 너만 보거든

니가 오기 전엔 내 얼굴만 들여다 봤어
지금은 아무도 날 안봐
내가 아무리 불러도 엄만 너만 보고 웃어
내가 아무리 울어도 엄만 너한테만 가
니가 오면 나는 슬퍼
슬픈 것들을 뱃속에서 다 꺼내서 토해

어떻게 하면 엄마가 나를 볼까
어떻게 하면,
사랑이 되돌아 올까

〈 양희진의 시세계 〉
신비 모티프의 몽상 시인

유한근

신비 모티프의 몽상 시인

유한근

문학평론가 · SCAU대 교수 역임

필자는 양희진의 두 번째 시집 해설 〈역동적 영상으로의 이미지와 시 영역 확장〉이라는 평에서 양희진의 시는 감각적이고, "그 감각은 외로움과 그리움과 노마드적인 자유의지와 죽음에 이르기까지 신선하다. 그 자유로움은 기존의 고착된 정신과 절서 그리고 진부함에 대한 도전에서 시작된다. 그리고 급기야는 시적 자아의 발화법까지도 자유롭다"고 말한 바 있다. 그리고 "가족이나 친지에 대한 사랑을 모티프로 하고 있는 점과 영화의 감동을 모티프로 하고 있는 점, 그리고 시간과 공간에 대한 인식" 등이 특별함을 말한 바 있다. 그리고 그의 시를 관통하는 정서는 "타자의 연민을 통해서 환상성과 창조성, 생명성을 증대시키고 소생시키는 자아의 확대 과정에서 나타나는 "인간의 치명적인 감성인 연민은 시적 화자와 시적 대상이 되는 타자와 정서적으로나 인식적인 면에서 동일시하지 않으면 가능"하지 않는 정서라도 말한 바 있다.

이러한 맥락에서 양희진의 세 번째 시집 《라브린스, 숲을 켜다》에서 계승과 도전의 면모를 살핀다. 길을 테마시로 한 시, 엄마 등 가족과 친지를 모티프로 한 시, 사물을 비롯한 시적 대상을 깊어진 사유 표현 이미지 구조의 구성미학 그리고 시인이 지니고 있는 신비한 세계를 탐색하려 한다.

1. 길 모티프

'길'의 사전적 의미는 ①"사람이나 동물 또는 자동차 따위가 지나갈 수 있게 땅 위에 낸 일정한 너비의 공간." ②"물 위나 공중에서 일정하게 다니는 곳." ③ "걷거나 탈것을 타고 어느 곳으로 가는 노정路程"이다. 도로나 물 위나 공중 등 다니는 공간을 길이라 한다. 이러한 실질적인 개념 이외에 추상적인 개념은 어느 방향으로 나아가는 방식, 방법을 의미하기도 한다. 그래서 '길'의 문학적 의미는 중의적이다. 우리가 걷는 도로만으로도 벅차지만, '길'은 독자나 시인에게도 벅차다. 길로 떠나는 순간은 설레지만 불안하기도 하고 슬프기도 한다.

이봐, 너무 슬퍼하지 마
아직 단풍은 지지 않았어,

같이 걸을 때는 들리지 않던 것들이
불쑥 말을 건넨다
미처 따지 못한 참깻잎은
노시인의 신부처럼 늙어가고
남은 호박잎들은 남루하다

여름날 탱탱했을 노란 잎은
바람 속에 시들고
폭포처럼 쏟아지던 물줄기는
나비물로 흩어져
물기가 없다

보이지 않던 것들이
손을 내밀자 닫힌 입속에서 말들이
흔들린다

혼자 걷는 길
가을이 따라오며 말을 건넨다

-〈혼자 걷는 길-10월 저녁〉 전문

'10월 저녁'이라는 부제가 붙은 시 〈혼자 걷는 길〉의 시간적 배경은 10월 저녁이다. 그리고 공간적 배경은 '혼자 걷는 길' 뿐만 아니라 숲과 밭과 폭포 등 자연의 어느 곳이다. 그러나 이러한 시공간보다 중요한 것은 봄, 여름을 거친 10월 저녁의 서정이다. 10월 저녁의 정서는 낙엽 때문에 슬픈데 이 시의 첫 연은 "이봐, 너무 슬퍼하지 마"라고 노래한다. "아직 단풍은 지지 않았"기 때문에 그렇다고. 기존의 그때의 이미지를 전복시킨다. 더욱이 그 가을이 말을 건넨다. 지난 봄의 "보이지 않던 것들이/손을 내밀자 닫힌 입 속에서 말들이/흔들"고, 노란 잎과 폭포 이야기도 들려준다. 그 이야기는 시인의 온축된 삶이고 정서이다. 그 이야기를 시적 화자가 혼자 길을 걸을 때 "가을이 따라오며 말을 건넨다"는 마지막 연의 시행들에게 시인의 절대고독을 엿보게 된다.

인간의 절대적 고독은 인간이 본질적으로 원초적 고립감을 의미하며, 이는 신적 존재나 사회적 관계는 물론이고 신과의 관계에서도 완전한 단절을 의미한다. 신과의 결별, 타인과의 단절로 인한 절대 고독은 자아발견을 계기가 되는데 이를 극복하기 위해 양희진 시인의 경우는 자연과의 교류를 시도한다. 그것을 마지막 연에서 보여준다.

이런 맥락에서 '파란 별빛이 쏟아진다'라는 부제가
붙은 시 〈우주로 가는 길〉도 인간의 절대 고독 초월의
의지라는 점에서 주목된다.

쏟

아

진

다

차곡차곡 채워진 점들이

저녁 하늘 파란 별빛으로

별빛 하나에

산 아래 작은 집이 보이고

별빛 하나에

아이들이 꽃잎처럼 모인다

저고리에 밥 짓는 냄새 다정한 엄마

아궁이에 앉아 웃고 있다

젊은 아버지 밭이랑을 둘러메

언덕을 만들고

별빛 하나에

하늘에 십만 개의 별들이

무릎 아래로 모여들어

가장 먼 데서 오는 당신을

기다린다

쏟

아

진

다

어느 한 때 내 우주이기도 했을

별들이

-〈우주로 가는 길-파란 별빛이 쏟아진다〉 전문

1연과 4연의 "쏟아진다"의 세로 배치 행갈이는 별이 쏟아지는 형상도 되지만 하늘과 땅의 연결로 소통을 의미한다. 즉 하늘과 통하는 길이라는 형상을 보여주는 의도적인 시각적 효과를 고려한 것이다. 3연의 "별빛 하나에/산 아래 작은 집이 보이고/별빛 하나에//아이들이 꽃잎처럼 모인다"는 사무사思毋邪, 생각에 삿됨이 없는 동심의 세계를 보여주고 있는 것으로 보이지만, 4연과 5연을 보면 사회와의 단절을 극복하려는 모습을 보인다. "저고리에 밥 짓는 냄새 다정한 엄마/아궁이에 앉아 웃고 있다/젊은 아버지 밭이랑을 둘러메/언덕을 만들고//별빛 하나에 /하늘에 십만 개의 별들이 /무릎 아래로 모여들어/가장 먼 데서 오는 당신을/기다린다"가 그것이다. 그리고 마지막 연 "어느 한 때 내 우주이기도 했을/별들이"에서는 유년 시절의 자신이 별이었고, 별이 될 것이라는 동심을 소환하여 우주 혹은 하늘과 합일을 몽상한다.

하지만 양희진 시인은 현실적인 길로 돌아와 '생의 경계에 서서'라는 부제목의 시 〈서울과 경기 그 사잇길〉을 걷는다.

길을 나섰다

발끝은 앞을 향하는데

언제나 일끝은 뒤로 향하고

한 걸음 나갈 때도 있었지만

대개는 길 끝에 서 있었다

이쪽과 저쪽을 가르는 경계에 서서

나는 항상 주춤거렸다

서울 끝자락에 서서

매일 그 경계를 넘나들고

늦가을 한강은 윤슬이 일어 찬란했지만
이마를 찌푸리고
햇빛에 반사된 저쪽 끝을 바라보며
언제나 이쪽을 향하고 있었다

늘 이런 식이지
태어난 달도 올해와 내년을 넘나들고
태어난 시도 저녁과 밤의 경계에서 주춤거리고
나는
늘 또렷하고 명징한 것들을 갖고 싶었지만

빛나는 것은 언제나
저쪽 끝에 있었다

-〈서울과 경기 그 사잇길-생의 경계에 서서〉 전문

이 시는 다분히 아포리즘적이고 그 사유의 깊이를
느끼게 하는 시이다. 첫 연부터 "길을 나섰다/발끝
은 앞을 향하는데/언제나 일끝은 뒤로 향하고/한 걸
음 나갈 때도 있었지만/대개는 길 끝에 서 있었다"는
시 구절들이 우리 일생의 행로를 보여주고 있어 섬뜻

하다. 그런데 서울 인근인 서울 끝자락에 서서 "늦가을 한강은 윤슬이 일어 찬란했지만/이마를 찌푸리고/햇빛에 반사된 저쪽 끝을 바라보며/언제나 이쪽을 향하고 있"음을 느낀다. "이쪽과 저쪽을 가르는 경계에 서서/나는 항상 주춤거"리는 이유를 시적 화자는 경계인으로서 "태어난 달도 올해와 내년을 넘나들고/태어난 시도 저녁과 밤의 경계에서 주춤거리고/나는/늘 또렷하고 명징한 것들을 갖고 싶었지만//빛나는 것은 언제나/저쪽 끝에 있었다"고 인식하게 된다. 빛나는 것은 저쪽 끝에 언제나 있다는 인식은 슬픈 일일 수 있고, 지나친 표현이 되겠지만 절망적일 수도 있다.

그러나 그것이 그렇게 느껴지지 않는 것은 그의 시가 윤슬처럼 아름답고 그 슬픔조차도 밝은 톤의 음색 때문에 아름답기 때문일 것이다. 이러한 긍정적인 시심이 그의 시의 힘이다.

2. '엄마'라는 당신 모티프 등

양희진 시인은 '시인 에스프리'를 말하는 어느 자리에서 이렇게 진솔하게 토로한 적이 있다. "평생 아무에게도 말하지 못한 그 비밀이 사실은 내 가슴 저 깊은 밑바닥에서 나를 슬프게 했음을 고백한다. 그렇게 가슴이 아파서 시를 쓰게 됐을까. 나도 어쩌지 못한 내 마음을 들여다 보고, 그 미안하고 사무치는 마음을 어쩌지 못해서. 결국 엄마가 나를 시인으로 만든 셈이다. 엄마는 나를 시인으로 만들어 놓고 떠나셨다. 엄마에게 평생 갚지 못할 빚을 진 셈이다. 시 속에서 엄마를 만나고 얘기를 한다. '괜찮아' 괜찮다고 한다. 시는 읽을 때도, 쓸 때도 마음이 치유됨을 느낀다. 이제 조금은 편해진 듯하다. 그래서 계속 시를 쓰는 것일까"(《인간과문학》통권51호)라고. 작가에게 있어서 어머니를 비롯한 가족 이야기는 문학작품의 좋은 모티프가 된다. 그러나 양희진 시인에게 있어서 '어머니'의 존재는 특별하다. 그 특별함을 시로서, 그리고 수필이라는 장르로서 진솔하게 보여준다.

먹빛 구름이 파란 하늘을 밀어내고
두둥실 새털처럼 가벼운 날들이었지요
느닷없이 비가 쏟아지기 전에는

그해 봄
살랑이는 바람과 수작을 하며
뚝방에서 쑥을 뜯었어요

어린 쑥버무리는 맛이 있어

당신은 참 쑥버무리를 좋아했지요

팔뚝 굵은 남자가 몰고 온 더운 바람이 불 때는

배를 타고 먼 바다로 나가자고 했지요

당신은 참 노래를 좋아했어요

지금이 가장 행복하다고 눈물로 웃던

은행나무는 이제 혼자에요

당신은 참 마실을 좋아했지요

흰 눈이 펄펄 내리는 날엔 털 장화를 신고

강아지와 공원길에서 아이처럼 웃어요

당신은 참 어린 짐승들을 좋아했지요

어린 눈발이 날리던 날

당신은 기어코 혼자가 되었어요

어린 쑥과 강아지와 가고 싶었던 마일드세븐 언덕과 노래와

나를 기다리지 않았다면 어땠을까요

-〈어린 눈발이 날리던 날-엄마에게〉 전문

'엄마에게'라는 부제가 붙은 이 시 〈어린 눈발이 날

리던 날〉에서 시인은 위의 '에스프리'의 말처럼 "시 속에서 엄마를 만나고 얘기"하듯이 쑥버무리를 좋아하던 엄마를 생각하며 뚝방에서 쑥을 뜯던 일과 엄마의 마실, 그리고 "팔뚝 굵은 남자가 몰고 온 더운 바람이 불 때", 그 때 "배를 타고 먼 바다로 나가자고 했"던 일들과 노래를 노래했던 엄마를 소환한다. 그리고 어린 눈발이 날리던 날, 돌아가신 어머니인 '당신'를 "어린 쑥과 강아지와 가고 싶었던 마일드세븐 언덕과 노래"로 그리워한다. 그러니까 '당신'은 양희진 시인에게 있어 어머니의 '또 다른 이름'인 셈이다. '당신'이라는 언어는 통상적으로 정겨운 남편 혹은 정겹지 않은 타인과 말다툼할 때 차용된다. 그러나 양희진 시에서의 '당신'은 엄마라는 '그리운 이름'이다.

그리고 '엄마의 정원'이라는 부제가 붙은 시 〈꽃 같은 날〉에서는 '당신'의 '꽃 같은 날'을 소환한다. "마당 한켠에 웅크린 풀씨 하나 엎드려 있습니다/부드러운 흙 속에 달래어 앉혔더니/어느 날 꽃으로 와 안겼습니다"로 시작되는 이 시는 어머니에게 편지 쓰듯이 혹은 일상의 이야기적인 말을 하듯이 정원의 꽃 이야기를 들려준다. 어머니의 모든 날들이 '꽃 같은 날'이었음을 말해준다. "풀씨는 바람이 가자는대로 순하게 이끌리더니/이듬해는 민들레가 되고/그 다음해는 백

일홍이 되고, 모란이 되고/당신 손 끝에 봉숭아로 피었습니다/당신도 한때/꽃같은 날들이 있었"다는 이야기가 그것이다. 그리고 "첫 키스 같은 라일락이 피고/그 사람 같던 자운영이 지고/꽃기린 길게 목을 늘이는/더디게 걸어가는 발자국 뒤로/마음 한켠에 당신의 꽃들이 들어와/정원이 되었습니다"라고 엄마의 꽃들이 자신의 마음 한켠에 들어와 정원이 되었음을 말해준다. 그리고 마지막 연에서는 "나는 당신에게/당신의 정원을 주고 싶었는지/모르겠습니다"(〈꽃 같은 날-엄마의 정원〉 전문) 라고 고백한다.

이와는 궤를 달리 하는 시로 보이는 〈은유〉는 제목부터가 엄마 모티프의 시로 보이지 않지만 '꽃'과 "바다'와 '당신'이라는 시어를 키워드로 연결시켜 보면 사모곡의 시로 분류할 수 있을 것이다.

울음을 방 안에 가두고 나 들어가지 못했다

방문 밖에서 서성이기를 몇 날

복사꽃 환하게 피자 방으로 물이 흘러들었다

때로는 감당하기 어려운 벅찬 밀물로 몰려왔다

미처 빠져나가지 못하고 혼자 남아

밀려 밀려 너에게 닿기를

그토록 애태운 시작과 끝 사이

-나는 모르겠어

되풀이 하던 그녀처럼

무심했을 날들을 다 삼켜버리는 바다 앞에서

흔들린 날도 여러번

마우이섬에 내리는 비만큼이나 멀기도 했을

그 마음이 고여 강이 되고 바다로 흘러갈 그 먼먼 훗날

깊은 잠에 빠진 날도 여러 날

감당하지 못하는 것들을 끌어안고

가만히 바다로 내어주는 일이 더 많았다

당신은 불온한 일

그 사이 바람이 불고 비가 더 자주 내렸다

새벽에 깨어 구질구질한 말들을 바다로 밀어 보내고

나는 바다에서 정금처럼 빛나는 돌을 건지곤 했다

번번이 얻어맞고야마는 지겨운 은유를 지나

떨치고 싶은 적 많았으나 나는

이따금 숨기도 하고 한밤중

어린 날 부뚜막에 앉아 고양이의 목덜미를 쓰다듬곤 했다

-〈은유〉 중에서

'은유'의 사전적 의미는 "사물의 상태나 움직임을

암시적으로 나타내는 수사법"으로 되어 있다. 이 암시적 수사법은 원관념은 숨기고 보조관념만 드러내는 표현방식이다,

은유라는 표현구조는 가시적인 세계에 만족하지 않고 실재를 넘어 넘는 추상의 세계 혹은 신비의 세계를 정복하기 위한 욕구에서 발생한다. 그 방식은 '동일성의 원리'이다. 실재 세계와 신비 세계, 신 혹은 자연과 사물과 언어의 동일성의 원리에 의해서 그 효과가 나타난다,

〈은유〉의 첫 연은 들어가지 못하는 방 안에는 울음이 가득한데, "방문 밖에서 서성이기를 몇 날/복사꽃 환하게 피자 방으로 물이 흘러들었다"라는 이미지는 은유 그 자체이다. 울음의 주인공와 복사꽃, 그리고 바닷물의 동일성이 그것이다.

이 시에서 키워드는 "당신은 불온한 일"이라는 3연의 첫 행이다. 이 의미는 당신은 온전치 않다. 혹은 당신은 모든 것에 순응하지 않고 반항한다는 의미이다. 다른 시각에서 보면 당신은 상식을 거부하고 새로운 세계로 나가려는 욕구가 강하다는 의미가 된다. 그러나 당신과는 달리 "그 사이 바람이 불고 비가 더 자주 내렸"고 "새벽에 깨어 구질구질한 말들을 바다로 밀어 보내고", 시적 자아인 "나는 바다에서 정금처럼 빛

나는 돌을 건지곤 했다"는 은유의 의미와 "번번이 얻어맞고야마는 지겨운 은유를 지나/떨치고 싶은 적 많았으나 나는/이따금 숨기도 하고 한밤중/어린 날 부뚜막에 앉아 고양이의 목덜미를 쓰다듬곤 했다"는 시적 화자의 토로는 엄마인 당신과의 새 국면의 관계와 정서를 은유해준다. 그러나 이 시의 원관념(?)을 은밀하게 숨기고 있어 양희진 작가의 수필을 기대하게 하는 시이다. 그러나 분명한 것은 시인에게 있어 '당신'이라는 이름의 엄마는 특별하다는 진실이다.

감성적인 시 〈분꽃이 피는 시간〉도 서두를 "당신이 오후 잠을 자는 사이/공원에 나가 맨발로 걸어 봅니다/오후 4시, 당신은 꿈속에서 그 골목을 지나고 있겠지요 /그 사이 날은 어두워지고/어디선가 분꽃이 피어 나는 소리 들립니다"라고 '당신'이라는 시어로 시작된다. 그러나 이 시에서도 결말 부분에 이르러 "당신은 꿈속에서 노란 분꽃을 보고 있겠지요/아직 잠에서 깨지 않았겠지만"라는 마무리 시행을 보면, 앞에서 언급된 '엄마'라는 당신 모티프의 시라는 생각을 하게 된다. 물론 다르게 이해해도 좋을 것이다. 남편이나 타인으로. 그러나 이 시를 일별하면 이러한 사유는 굳어진다. 큰 소리로 한번 읽어보자. "가만히 귀 기울여 그 소리 따라가/하릴없이 그네에 앉아 발을 굴러봅니다/하늘에 닿을 만큼은 아닌데/초저녁별이 불쑥 다가와 보입니다/반가워 당신인가 하고/가만히 올려다 봅니다/별은 아득히 멀고 저녁은 깊어져/귀뚜라미 소리 풀밭에 밥상을 차려놓았습니다/어디선가 밥 짓는 냄새 들립니다/활짝 핀 분꽃의 향기가 바람을 타고 지날 때/당신은 꿈속에서 노란 분꽃을 보고 있겠지요/아직 잠에서 깨지 않았겠지만,"에서 초저녁별, 귀뚜라미 소리, 풀밭 밥상, 밥 짓는 냄새, 그리고 분꽃 향기라는 이미지들이 모두 시인이 엄마를 그리워하는 시로 느끼게 하는 이미지들이다. 이렇게 분꽃이 피는 시간을 아는 시인은 신비로운 시인이다. 이러한 신비로움은 다른 시에서도 나타난다.

3. 신비 모티프

시인이 바라보는 시적 대상인 사물은 시인의 시심으로 인해 새로운 생명으로 깨어난다. 그것이 생물이든 무생물이든, 추상적이고 관념적인 것이든 구체적으로 생명을 갖는다. 그것이 시적 신비이다.

시 〈시인의 구두〉에서 얼마나 걸어온 지 모르는 시인의 구두가 "가장자리부터 하얗게 바래지는 발걸음으로/아라비아 사막을 건너/바다 끝 수평선 너머/다시 소금사막 동쪽 끝에서 여기까지/모래알 하얗게 부서지는 발걸음으로//어느 해에는 빗속을 헤엄치는 고래의 고단함으로/어느 해에는 알프스산 녹지 않는 만년설의 단단함으로//한 그루 단풍나무를 어느 청춘에 심었을 발걸음으로/아직 할 얘기가 많이 남아서/햇빛 한 줌 부어 제 빛깔로 다시 태어나고 싶은/갈색 구두”으로 태어나는 것처럼 새롭게 인식된다, 시인의 구두는 시인의 문학적 이력을 담은 발자취이다. 이를 고단함으로, 단단함으로, 그리고 햇살과 같은 빛깔로 표현해 주는 것이 시의 신비이다.

시 〈그 새는 어디로 갔을까〉의 서두는 “처음엔 둘이었다/마주 보고 있으면 웃음이 나고/시시한 세상일 따윈 잊고 살았다/너를 지켜주리라 주먹을 불끈 쥐었던/그때는”으로 시작한다. 그리고 “햇빛이 짓궂게 희롱을 부리던 여름이 가고/(…)/아무리 불러도 대답이 없었”고, “비가 후두둑 낡은 신발을 적시던 저녁/호수 한가운데로 붉은 산그늘이 /저벅저벅 들어오더니/너는 보이지 않았다/수풀 속에도/억새 덤불 속에도 끝내//나뭇잎들이 노랗고 빨갛게/호수 한가운데로 몰려오는데”에서 ’너‘라고 지칭되는 새는 보이지 않는다, 그래서 시인은 이 시의 마지막 연에서 “혼자 있는 것들은 결국 다/어디로 가는 것일까"라고 노래한다.
시를 통해서 만물의 소멸과 단독자인 인간의 죽음을
선험하는 감성적인 시이다.

폭염에
푸른 여름이 녹아내리던 날
우체국엘 갔지
남아있던 연민과
너의 무례를 함께 넣어
가을에게 부치려고 해
안녕

그리움이 선선함을 넘어
알래스카에 닿을 때까지
너는 왜 지치지 않는 거니
내가 고꾸라 넘어질 때까지
기다리는 거니

나의 눈빛에 물기가 남아있을 때
그때
이르쿠츠쿠로 가자
바이칼을 넘어

먼 바다로 나가면

그때는
고래를 만날 수 있을까

-〈어떤 날, 고래는〉전문

위의 시 〈어떤 날, 고래는〉의 시적 자아는 우체국에게 가서, 가을에게 소식을 전하려 갔다가 연민과 무례의 고래를 떠올리고, 그것을 가을에게 보내는 편지에 함께 부치려고 한다, 시인은 고래를 '너'로 지칭하고 그를 연민과 무례함의 대상으로 인식한다. 알래스카에 닿을 때까지 쉬지 않고 가는 고래, 그 고래에 대한 연민은 쉽게 이해라 수 있으나, 고래의 무례함은 이해되지 않지만, 아마도 만날 수 없다는, 떠나서는 안 되는, 떠난다는 말도 없는 생각 때문일 것이다. 그래서 시인은 "나의 눈빛에 물기가 남아있을 때/그때/이르쿠츠쿠로 가자/바이칼을 넘어/먼 바다로 나가면//그때는/고래를 만날 수 있을까"라고 노래한다.

시인은 폭염 때문에 바닷속 고래를 생각했을 것이다. 그리고 그와의 만남을 꾀했을 것이다. 그가 너무 멀리 있어 만날 수 없지만, 시인은 몽상한다. 우체국에서 이르쿠츠쿠를, 바이칼 너머 바다를, 그리고 고래와의 만남을 꿈꾼다. 이것이 시인의 신비이다. 신비적 상상력이다.

새로운 기행시의 새 지평을 보여주는 시는 〈반딧불이 별이 되다-템부롱의 밤〉, 〈하릴없이-늦여름 곰소염전〉, 그리고 〈어쩌다, 경춘선을 탔다〉이다. 야행의 정서를 표현하기보다는 여행의 체험을 모티프로 하여 쓴 시로 보아도 좋을 것이다.

①이른 아침 경춘선 객차 안에는/섬들이 졸고 있다//(…)//춘천, 종착역에 다다른 너와 나의 모습은 /어떤 모양일까//나는 잠깐 멈춘 섬에 발을 내딛는다/안개 속이다

-〈어쩌다, 경춘선을 탔다〉중에서

②저녁 강에 펼쳐진 붉은 노을이/금실을 끌고 산 너머로 걸어가면//너의 얼굴은 보이지 않는다/희미한 그림자도 없이 완전한 어둠//템부롱 정글에 본 적 없는 밤이 몰려오면/물 위에 떠있는 맹그로브 숲에 반짝//스르르 소리도 내지 않는 뱃전에 반짝/템부롱 반딧불이가 따라 온다

-〈반딧불이 별이 되다-템부롱의 밤〉 중에서

③비린내는 나지 않았다//소리도 없이 가는 비가 내리고/오래된 나무판자를 덧댄 문에서는 /손을 대면 금방 바스라질/먼

곳의 소리가 들렸다//(…)//이쪽 끝과 저쪽 끝 사이/소리도 없이 바람이 불고//나는 무엇엔가 /자꾸 뒤돌아 보고 있었다

-〈하릴없이-늦여름 곰소 염전〉 중에서

위의 시①에서 시인은 추천으로 가는 열차 속의 사람들을 섬으로 인식하고 그 풍경을 그린다. ②는 브르나이 템부롱 국립공원의 반딧불을 모티프로 한 기행시이다. 그리고 ③은 곰소 염전을 풍경을 모티프로 한 시이다.

시인은 ①의 시에서 승객을 섬으로 설정하고, 그곳의 풍경을 "이런 날은 하늘이 바다가 되고/바다가 하늘이 되는 동화 속 세상"이 되는 안개 속 같은 신비한 공간을 창조한다. ②에서는 맹그로브 숲의 반딧불이 태초의 별이 되는 환상과 몽상을 한다. 그리고 "새와 악어와 짐승들의 깊은 정글 속에서//완벽하게 어두워져야 보이는/맑은 마음을/가만히 움켜"쥔다. ③에서는 "비린내는 나지 않"고 "손을 대면 금방 바스라질/먼 곳의 소리가 들"리는데, "고된 얼굴을 한 사내는 보이지 않고/황토소금이 담긴 작은 항아리들만 나란히/옹색한 살림살이 위로" 가는 비가 내리는 소리가 들리는 곰소 염전의 풍경을 아름답게 재창조한다.

숲으로 난 문을 열면

숲은 사라지고

파이프를 문 남자가 얼굴도 없이 서있지

어디를 바라보는 걸까

찌끄러진 시계가 가끔 째깍 될 때도 있어

까무룩 저녁별이 내려다 보던

그 때

어쩌면 너랑 입맞춤할 때 조차

숲으로 갔는지도

열리지 않는 문 앞에서 너도,

서성거렸을까

생각은 했어

간절함을 동그랗게 말아서

너무 빨리와 폭삭 늙어버린

입맞춤이

숲으로 걸어 들어가

흰 천으로 덮여지고

다른 문으로 걸어나가

달아나는 영원,

그 찰나를

무심히

바라보고 있었지

-〈소멸되는 사랑-르네 마그리트 '연인'을 보고〉 전문

르네 마그리트의 그림 '연인'은 남녀가 흰 보자기를 머리에 쓰고 키스하는 그림으로 유명하다. 그래서 이에 대한 해석이 구구하다. 그런 만큼 흥미롭다. 양희진 시인은 부제 '르네 마그리트 "연인"을 보고 시〈소멸되는 사랑〉을 위처럼 쓰고 있다. 이 시는 서두를 "숲으로 난 문을 열면/숲은 사라지고/파이프를 문 남자가 얼굴도 없이 서있지/어디를 바라보는 걸까/찌끄러진 시계가 가끔 째깍 될 때도 있어"라고 첫 연을 시작한다.

여기에서의 파이프를 문 남자는 실제의 남자일 수도 있지만, 시에서는 시인의 상상적인 사람일 수도 있다. 숲을 대신하는 남자. 파이프를 물고 어딘가를 바라보는 남자. 그 남자와 "까무룩 저녁별이 내려다 보던/그 때" 입맞춤할 때, 사랑은 "숲으로 갔는지도/열리지 않는 문 앞에서 너도,/서성거렸"는지 알지 모른다. 여기에서의 '너'는 제목인 '소멸되는 사랑'으로 봐야 한다. 그러나 이 시의 후반부 "간절함을 동그랗게 말아서/너무 빨리와 폭삭 늙어버린/입맞춤이/숲으로

걸어 들어가/흰 천으로 덮여지고/다른 문으로 걸어나가//달아나는 영원,/그 찰나를/무심히/바라보고 있었지"를 보면, 숲으로 들어간 것은 입맞춤이라면 '너'는 입맞춤일 수 있다. 따라서 입맞춤은 소멸되는 사랑과 같은 의미이다. 그러니까 양희진 시인은 마그리트의 흰 천을 쓴 입맞춤을 소멸되는 사랑으로 인식하고 있는 셈이다. 그리고 이 시에서 파이프 문 남자가 바라보는 것은 "달아나는 영원,/그 찰나"이다.

이런 맥락의 다른 시가 〈샤갈의 마을엔 언제나 눈이 내리지〉이다. 샤갈의 그림을 보고 쓴 시이기 때문이다. 김춘수는 〈샤갈의 마을에 내리는 눈〉에서 "3월에 눈이 온다."고 했다. 그러나 양희진 시인은 '언제나' 눈이 내린다고 제목을 붙였다. 그것은 이방인의 감은 눈에는 언제나 눈이 내린다는 것이다. "여보, 눈 내리는 마을로 가요/여기는 눈이 오지 않아요//눈은 이방인/감은 내 눈 속에만 눈이 내려요//여보, 나는 당신과 화해하고 /당나귀와 수탉과 염소들의 안부를 묻고 싶어요//잘 있었냐고 괜찮냐고 토닥토닥/안고 싶어요//내 손등에 눈이 내리고/눈은 따뜻하게 집으로 들어가겠지요//눈을 감으면/샤갈의 마을에는 언제나 눈이 내리고//당신은 우는 듯 웃고 있어요/창가에 고단한 몸을 누여요//눈을 감으면/지붕에서 하늘까지 차오르는 흰 눈들"이 그것이다. 여기에서 '여보'는 남편 같은 특정한 사람일 수 있지만, 그보다는 불특정 다수로 보인다. 이 시는 어느 시보다 환상적이고 샤갈의 그림보다도 신비롭기 때문이다.

이런 맥락의 또 다른 성격의 시가 '제6부 악어네집 식구들'이라는 이름으로 묶은 시 9편이다. 이 시들은 할머니와 손주를 모티프로 한 시이다. 〈악어네 집〉의 서두에 노래한 "내 이름은 악어 할머니/우리 집은 악어가 살지 않는 악어네 집"과 "공룡 발음이 어려워 악어가 된/악어 할아버지"에서 보듯이 '악어네'는 손주와의 놀이에서 얻어진 명칭이다.

그러나 이 9편의 시는 아이의 시선과 동심의 세계를 모티프로 한 시라는 점에서 다분히 판타지적이며 동심의 신비를 함유한다, 그러나 한편으로는 아이를 위한 동시라기 보다는 어른과 아이가 함께 읽는 시라는 점에서 특성을 갖는다. 이동문학에서 흔히 차용하는 알레고리 표현구조로 쓰고 있지만 어린이만을 위한 우화적인 동시가 아니라는 점에서도 그 특성이 있다. 그 대표적인 시가 〈나무에게 이사를 갔다〉이다.

가만히 나무를 껴안고 올려다 봅니다/가지가 갈라져 두 줄기로 올라간 은행나무/이렇게 마주 보고 있어야 열매가 열린

답니다/노랗게 웃는 스마일 스티커처럼/은행잎이 샛노랗게
깔린 나무 아래서/노랗게 웃던 할머니/그 해/할머니는 새 옷
도 다 입어보지 못하고/나무에게 시집을 갔습니다

-〈나무에게 이사를 갔다〉 전문

　위의 시의 마지막 행의 "나무에게 시집을 갔습니
다"는 우화적인 서사의 알레고리 표현구조로 의인화
된 '나무'와 할머니와의 서사를 상상할 수 있다. 그러
나 이 상상보다는 '수목장'이라는 장례의식을 시집가
는 것으로 표현한 것으로 보아도 무리는 없을 것이다.
이에 따라 이 시는 동시라 할 수 없을 것이다. 시적 화
자의 시선이 아이라는 점에서 주목되지만. 이와 관련
된 또 다른 시가 〈난 니가 싫어〉이다. 이 시의 화자도
아이이다. "난 니가 싫어/사람들이 너만 보거든"으로
시작해서 "내가 아무리 불러도 엄만 너만 보고 웃어/
내가 아무리 울어도 엄만 너한테만 가/니가 오면 나
는 슬퍼/슬픈 것들을 뱃속에서 다 꺼내서 토해/어떻
게 하면 엄마가 나를 볼까/어떻게 하면,/사랑이 되돌
아 올까"로 마무리되는 이 시는 다분히 동심의 세계를
그린 동시이다. 엄마의 시선을 끌기 위해 토해내는 아
이의 마음을 표현함으로서 자식 사랑 혹은 아이 사랑
의 의미를 환기한 시라 주목된다.

양희진 시인의 시세계는 다양하다. 서정시의 본령인 감각적인 감성시를 쓰는 한편 영화를 모티프로 하는 서정시, 명화 혹은 음악을 모티프로 하는 시, 특히 세 번째 시집에서는 길을 모티프로 한 시, 엄마라는 이름의 '당신' 모티프 그리고 사물에 대한 새로운 인식과 기행시의 새 지평 제시와 세계명화 속으로 들어가 그 속의 신비 모티프를 탐색해내는 새로운 시도를 하고 있다는 점에서, 그리고 우리 시대의 몽상적인 신비 세계를 구현해 내주고 있다는 점에서 주목된다.

라브린스, 숲을 켜다

초판 1쇄 발행 2025년 11월 11일

지은이 양희진
펴낸이 유보연
펴낸곳 다름북스
디자인 유연

출판신고번호 제2021-000252호
전자우편 nepduu@naver.com

ISBN 979-11-992931-1-3(03810)
ⓒ양희진, 2025